KB145594

시간 위를 걷다

주응규 제 3시집

시음사
시사랑음악사랑

창조적 발상을 하는 시인 주응규

"시간 위를 걷다" 주응규 시인의 이번 제 3시집은 새로운 기법의 작품들을 볼 수 있다. 현실적이고 일상적인 이미지의 연관성, 사물과 존재의 현실적, 합리적 고정 관념을 탈피하여 다양하고도 독창적인 기법을 적절히 활용하였다. 이것은 초현실주의에 입각한 데페이즈망(Depeysement) 기법이라 말할 수 있다. 주응규 시인의 詩들을 탐독하다 보면, 작품의 전체적인 문맥을 독창적인 사고(思考)로 능숙하게 구사해 내는 詩의 구성 요소를 볼 수 있다. 이는 화자가 표현하고자 하는 이미저리(imagery)를 주응규 시인만의 창조적인 발상이 없다면 힘든 작업이다.

온라인세상, 유비쿼터스 시대에 접어들면서 가장 활발한 분야가 문학이다. 그만큼 쉽게 접할 수 있고 그러면서 자연스럽게, 시인, 수필가, 소설가 등 각 분야의 문학인의 활동이 활발해졌다. 하지만 등단이라는 관문만 넘었을 뿐, 제대로 된 문학작품을 한 편도 발표하지 못하고 잠자는 문학인이 많아진 것도 현실이다.

이런 현실 속에서 주응규 시인은 요즘 우리 문학인들이 본받아야 할 문인이다. 등단 이후, 꾸준한 노력과 왕성한 활동으로 다른 문인이 십 년을 활동해도 달성하지 못한 꿈들을 모두 이루어가고 있다. 문학인으로서 자세에 대한 기본을 보여주는 시인이다. 이번 제 3시집 "시간 위를 걷다"를 보면 이제 중견 시인으로서의 성숙함과 작품성을 볼 수 있다. 많은 독자에게 시문학의 우수성을 보여 줄 수 있는 작품집을 소개하게 되어 기쁜 마음이다.

사단법인 창작문학예술인협의회 이사장 김락호

작가의 말

인생이란 시간 위를 걷노라면, 어제와 오늘 그리고 내일이
존재합니다. 뒤돌아보는 어제는 기쁨과 슬픔 아픔까지도
존재했을 터이고, 오늘은 뜻하는 바를 이루기도 좌절하기
도 하며 부대끼고, 내일은 좋은 일만 생길 거란, 희망의 기
대감을 안고 살아갑니다. 행복의 기준은 사람마다 다를 수
있지만, 누구나 행복을 꿈꾸며 인생길을 걷습니다.

저마다의 삶에는 개개인의 음색, 명도, 채도, 색상, 어감
이 다릅니다.우리네 인생은 시류에 허둥대면서 세상의 순
리를 거스르고 살아갈 때가 많습니다. 기억은 우리에게 일
어난 가장 안 좋은 일들을 떠올리게 하고 추억은 우리에게
가장 아름다운 일들을 회상하게 합니다. 우리네 삶의 공간
에서 향기로운 웃음꽃이 피어나는 얼굴은 누구든 참 아름
답습니다. 삶속에 웃음꽃이 활짝 피어나기를 소망합니다.

시집 1, 2집을 내면서 빼고 온 글을
추려 담아 3시집을 묶었습니다. 이래
저래 아쉬움이 남는 글이지만, 주웅
규 제3시집 "시간 위를 걷다"를 출간
하여 독자님께 바칩니다.

주웅규 드림

제 1부 꽃향기 그리운 날

제 2부 계절이 피우는 사랑

제 3부 시간 위를 걷다

제 4부 추억속에 피는 꽃

제 5부 담쟁이 같은 삶

제 1부
꽃향기 그리운 날

가슴 갈래갈래 능선 선따라
바람마저 기척 없이 드나들던
준령의 음지 진 가슴 골짜기에도
봄이 꿈틀거리누나

꽃향기 그리운 날

무정한 세월의 나이만큼이나
꽃길 물길 따라 층층이 쌓여온
내겐 너무나 사랑스러운
그녀의 청초한 자태가 자꾸 떠올라
출렁이는 가슴 주체할 길 없어라

가슴 갈래갈래 능선 선따라
바람마저 기척 없이 드나들던
준령의 음지 진 가슴 골짜기에도
봄이 꿈틀거리누나

이른 봄날 아침 댓바람에
알씬알씬 풍겨오는 그녀의 내음이
창가에 놓인 화분에 내려앉아
간드러진 우아한 춤사위로
가슴에 꽃향기 피우누나.

연꽃

하늘빛 아름 따다 머금고
짓무르진 세속의 늪에
피워 놓으신 자비(慈悲)

햇빛 달빛에 기별 넣어
뵙기를 청하옵거든
님이시여
가뿐 가뿐히 오소서

님 향한 갸륵한 정성
미루어 짐작하시거든
자애로운 미소로
다정한 눈 맞춤 주소서

고단한 삶 녹여 낸
심오한 뜻
헤아리시거든

님 이시여!
겹겹이 묵혀온 시름
한 겹 한 겹 벗겨내소서.

연정(戀情) 1

고요히 흐르던 마음의 강에
느닷없이 휘감아 닥치는
그리움의 물결

속절없이 흘러간
세월의 강줄기 저편에
엉켜 돌던 아쉬움이 범람해와
온몸 잠겨 놓으면

나!
그대 부여잡으려
애달피 울어 젖힌다오.

연정 2 (사모하는 마음)

그대 사모하는 이내 마음을
해 속에 담아 놓으면
햇살처럼 퍼져
그대 가슴에 비춰들까

그대 사모하는 이내 마음을
달 속에 담아 놓으면
달무리가 져서
그대 가슴을 파고들까

아침 해 떠오르는 그대 창에
저녁 달 흘러드는 그대 창에
사모하는 나의 마음을 정갈히 빚어
그대 가슴에 연연히 쏟아 내리리.

* 연연히(戀戀-): 애틋할 정도로 그립게

- 가곡 작 詩-

13

봄 그리움

아련한 기억 속에서 쉼 없이 퍼붓던
아름답던 시절이
꼬리에 꼬리를 물고 맴돈다

변화무상한 기후에도
울담을 총총히 쌓아
고이 품어온 그리움

봄 향기 함빡 머금은
햇살 알갱이들이
부풀어 꽃망울 진 그리움을
톡톡
터트린다.

* 울담 : 집의 둘레나 일정한 공간을 둘러막기 위하여
         흙, 돌, 벽돌 따위로 쌓아 올린 것.

님 오시려나

봄바람이 살랑살랑 쏟아놓는
그리움을 퍼 담아
가슴을 움 틔운다

연보라 꼬막손 간들간들 손짓하던 날
홀연히 떠나가신 님
가시옵던 길 뒤밟아
파릇파릇 봄 길 지려 밟고
님 오시려나

남루한 누더기 벗고
꽃향내 나는 꼬까옷 차려입고
님 어여삐 맞아야지.

봄이 오려나

휘늘어진 그리움 가지에
꽃 바람이 스친다

일렁일렁 얼비추는 님 그림자
뒤설레이는 반가움에
두 뺨이 곱다랗게 꽃물 드누나

나는 님의 봄 뜰에
향긋이 피어나는
사랑 이야기고 싶다.

밤이면 피어나는 사람

어스름이 가슴을 파고들면
밤이면 피어나는 사람아
고요히 피어나는 얼굴은
나의 옛사랑인가요

붙잡아도 매달려도
멀어 져간 내 사랑아
밤이면 밤마다 달빛 눈물로
아아~ 별빛 눈물로
나의 창가를 두드리며
서성이고 있네요

얄미운 사람아 야속한 사람아
밤이면 피어나는 **내 사랑아**

-가요 작詩-

아! 첫사랑

발그레한 수줍음 망울 터뜨려
꽃물 져 찰랑거리면
몽실몽실 피어나는 꽃구름

손 뻗치면 닿을 것 같아
다가서려면
어느새
저만치 멀어져 가는
신기루 같은 사랑이여

사랑의 적정 거리를 가늠 못 해
조바심내던 초보 사랑

사랑의 고백조차 끝끝내 못 하고
남몰래 생가슴만 태우며
가슴에 채 피우지 못한 꽃

가뭇없이 사라져 가버린
그대는 어느 하늘 아래서
향기로운 꽃을 피우실까

가슴 떨리게 피어나던
꿈 같은 사랑
아! 그 시절은 어디로 갔는가?

* 가뭇없이 : 눈에 띄지 않게 감쪽같이.

기다림

생각나면 날수록 그리워지면 질수록
가슴을 물들이는 노을빛 그리움

정체도 없는 착각의 등에
그리움을 고스란히 업혀두고
이제나 오실까 저제나 오실까

기약 없는 간절한 기다림에
눈시울에 꽃망울 맺히누나

춘삼월 호시절에 향기 그득 품고
꽃 바람에 님이 오시려나

보고파라 어여쁠사 그려지는
님의 곱디고운 얼굴은
눈물방울꽃으로 피어나누나.

어떤 그리움

창백한 낮달같이 가물거리는 별빛같이
아스라이 내려앉은 환영(幻影)이
잠든 그리움을 깨운다

사노라면 청하지 않는 그리움이
눈물 그렁그렁 매달고
막무가내로 가슴을 덮쳐온다

무심히 흘러가는 바람같이 구름같이
정처 없이 떠나가신
야속한 님이시여

내 가슴에 새겨진 그 님은
영영 돌아올리 만무한데
목 길게 늘어 빼고
오시질 않은 님을 기다리며
눈물짓는 사람아.

샛별 같으신 당신

달빛마저 어스름에 먹혀가는 마음의 창에
어둠이 깊어질라치면
희망의 빛을 드리우는 당신
나의 삶이 진실로 아름다운 것은
샛별 같은 마음 빛살을 내리시는
당신이 계시기 때문입니다

나의 삶이 참으로 보람찬 것은
샛별 같으신 당신이
사시사철 길라잡이가 되어 주시기에
내딛는 하루하루가 사뿐합니다

굴곡진 인생길이 고달파도
샛별 같으신 당신이
설레는 축복의 빛을 안겨주기에
모진 풍파가 몰아칠지라도
힘차게 헤쳐나갈 수 있답니다

나의 삶이 진정으로 행복한 것은
가물가물 기력 잃어 쇠잔해 가는
인생길 동행하며
한결같은 마음 빛살 지펴
등불 밝혀주시는
당신이 계시기 때문입니다.

플루트 연주

햇살에 부대끼며 떨리는 소리
달빛 타고 흘러내리는 소리
호흡 속에 오롯이 살아 숨 쉬는
풍부한 감성들이
우수수 꽃보라를 뿌려놓습니다

아득히 먼 구름이 벗겨지며
수정처럼 영롱한
맑은 영혼의 음률로
날 부르는 마음의 창가에
멀어진 날들이 호젓이 찾아듭니다

하늘과 땅이 뒤설레는
우아하고도 신비스러운 감동의 선율이
전신에 스펀지처럼 빨려드는
청아한 음색은
마음을 정갈히 씻겨놓습니다

순홍빛 영그는 소년의 감성적인 마음같이
애틋하고도 감미로운 음색의 흐름은
나를 울려놓고 달래놓는
숨 막히는 격정의 연주에
마음이 찰랑찰랑거립니다.

* 꽃보라 : 떨어져서 바람에 날리는 많은 꽃잎.

그리움 1

세월이 지워 놓으려면
더욱 또렷이 피어나는 얼굴
여태껏 가슴이 담아 온
소중한 사람입니다

가슴 깊이 자리매김한 사람
무심히 떠올라
웃음꽃 눈물꽃 번갈아 피우는 것은
아름다운 추억입니다

때때로 잊으려 하면 할수록
더욱 뚜렷이 그려지는 님이기에
가슴에 곱다시 접어 두고
그리울 때마다
살며시 펼쳐 보렵니다.

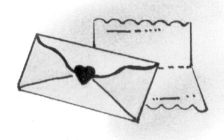

그리움 2

시나브로 빚어져 어려오는 님
편편이 흩날리며 떠돌다
돌연히 얼굴을 내밀고
다정스런 웃음을 흘립니다

외가닥 햇살에 부서져 내리는
님의 아득한 목소리
메아리쳐 와
가슴을 허물어 놓습니다

불현듯 님 보고픈 날
버드러진 마음 울타리를
틈틈이 헤집고
님은
여우비가 되어 내립니다.

비련(悲戀) 1

눈에 눈물 그렁그렁 담고
속절없는 멀어져 간 뒷모습
문득 눈에 선히 어려와
가슴을 흔들어 대면

아득히 먼
슬픈 사랑 이야기가
서럽게 우닐다
가랑가랑 별빛에 매달려
끝없이 너울지며
가슴에 눈물 솟는 샘터.

비련(悲戀) 2

뻐꾹새 슬피 우는 나절
이엉 더더귀더더귀 엮어 이은
흉물스레 스러져가는
텅 빈 외딴집

처마 서까래 허물어진 틈새로
빠끔히 들여다보던
먼데 머물던 낯설잖은
숫기 없는 머스마가
동마루에 걸터앉아
청아한 향기 머금어
살찐 햇살을 훔쳐먹는다

팔랑귀 바람이 전해 준
뜬소문을 걸러 내지 못하고
멍울 져온 가슴은
눈물샘을 갈라
초련(初戀)의 꽃을 피운다.

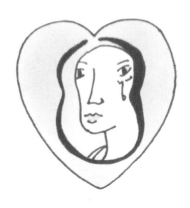

살포시 내려앉은 그리움

한 잔 커피에 담아 보는 여유로움에
불쑥 그리운 얼굴 하나가
살포시 스칩니다

속절없이 밀려드는 그리움
콧등이 찡해오는 비련이여

무정한 세월은
그대 얼굴 흐려 놓아
옛 기억 더듬어 그대 얼굴
잿빛 하늘에 그려 냅니다

구름 틈 사이로
햇살 휘감고 비춰오는
그대의 청아한 모습은
그 시절 그대로의
해맑은 미소로 나를 반깁니다

나 그대에게 못 전한 말
그대 나에게 못다 한 말
마음 열어 나누려 할 때

스산한 왜바람이
먹구름 몰고 와
소낙비 훌뿌리고 갑니다.

보고 싶은 얼굴

별안간 님 생각에 가슴이 저려
눈시울을 붉히는 것은
이제껏 님을 못 잊음이라

세월의 비바람 초록이 맞으며
님을 간절히 기다리다
어언간 머리 위에
서리가 앉아 은발 날리고
님 그리워 흘린 눈물의 강에 떠밀려
세월은 속절없이 흘러가네

떠나가는 세월에 이끌려 돌아앉은
님의 얼굴이 문득 떠오르면
하얀 미소 속에 비춰오는 님은
어둠 짙어진 가슴 가르는
한 줄기 빛이어라.

꽃말

모진 풍파에 시달려도
온몸 살래살래 비틀며
혼신을 다해
삽상한 꽃을 피운다

봄날에 난만히 피는 손주 꽃
여름에 애중히 피는 여식 꽃
가을에 풍성히 피는 아들 꽃
겨울에 관대히 피는 부모 꽃

봄 여름 가을 겨울
번갈아들며
철철이
꽃은 핀다. 꽃은 진다.

님이라는 꽃

무심결에 번득이며
어둠을 갈라 피는 보고픈 얼굴
눈가에 아롱거리면
추억 속에 머무는 님을
눈물 찍어 그려냅니다

미소 가득 퍼와서
꽃잎 그려 넣고
정겨운 향 가득 담아와
꽃술 그려 넣고
고운 마음 모셔와
꽃받침에 그려 넣습니다

눈감으면 살포시 떠오르는 얼굴
내 마음의 텃밭에
곱게 피워 냅니다.

동지섣달

동지 팥죽에 넣을 새알 찾아
산들로 쏘다니던 동심은
등에 지고 온
동짓날 짧은 해를
팥죽에 담는다

할매의 구수한 옛이야기가
화롯불에 노릇노릇 익어가는 밤
먼 산 부엉이 울음소리
밤하늘 정적을 가르면
동지섣달 기나긴 밤을
어둠이 친친 동여맨다

아랫목 솜이불에 파고든
피로곤비한 눈꺼풀
새날 찾아 스르르 꿈길 떠나면
살을 에는 동지섣달 깊은 밤은
한해걸음에 동행한 숱한 사연들을
주저리주저리
처마 끝에 매달아 놓는다.

* 피로곤비하다 : 몹시 지쳐 괴롭고 나른하다.

그리우면 피어나는 꽃

가슴에 알알이 박혀버린
그리움의 꽃망울
가슴 한편이
그댈 찾아 울워치면
먼 날이 피어나
어서 오시라
손짓하며 반깁니다

허허로워진 가슴 한편이
애절히 그댈 찾을 때
살포시 피어나
그대 품어안은 가슴은
눈물 꽃을 피웁니다

가슴 한편이
그대 보고 싶다 보챌 때
으레 피어나는 꽃
그대 그림자 쫓아
먼 기억 속을 흘러 돕니다.

제 2부
계절이 피우는 사랑

꽃이라 부르시면
그대 가슴에
향기 피우는 꽃이 되고
잡초라 부르시면
그대 가슴에
무성히 잡초로 우거지리다

봄이 피네

몽실몽실 젖살 오른
햇살의 빵싯 옹알이
실바람에 하늘하늘 흔들리면
산, 들이 쩡쩡 울리며
갈라지는 겨울

처자 총각 설레는 가슴에
봉긋봉긋 볼쏙볼쏙
사랑이 움트네

이내 저네 가슴에도
파릇파릇 생긋 방긋
싱그러운 봄 햇살 따사로이
사랑 꽃망울 터트리네

뭇 님네 들뜬 마음마다
간들간들 살랑살랑
봄바람이 드나드네.

봄꿈

님 그리워 그리워서
밤새워 살랑살랑 피운 그리움
꽃바람 편에 부치오니
사랑하는 님이시여
부디
내 마음 읽어내시구려

님 보고파 보고파서
밤새워 흘린 눈물로 애잔히 지핀
한떨기 꽃으로 다가서거든
님이시여
어여삐 반겨주시구려

님 그리워 보고파서
정성으로 빚은 나의 마음
향기로 묻어나시거든
님이시여
내 마음 받아 주시구려.

봄날

소곤소곤 해맑은 봄 햇살
까르르 웃음꽃 번진다

햇살 미소 아름 머금고
꽃향내 그득 품어안고선
앙증스레 색동저고리
다소곳이 꽃단장하고
아장아장 걸음마 떼어
처녀 품으로 찾아든다

화사한 눈홀림
매혹적 향(香)에 도취해
순진한 처녀 뒤설레는 마음
살랑살랑 봄바람 나겠다.

복수초

혹독한 겨울은 아직 물러날 낌새가 없는데
먼 산 굽이굽이 넘어온 바람은
무슨 소식을 실어 왔길래
모진 한파를 뚫고 저토록 안달을 내며
분주히 봄을 깨우시나

가녀린 숨결 가쁘게 뿜으며
눈얼음 덮인 땅을 갈라 피어나는
아름다워서 슬픈 꽃이여
샛노랗게 밝힌 자태 황홀하여라

임 오실 때를 기다려
메마른 초목마다
각색의 향기를 분분히 뿌리누나

봄은 그대에게서 시작되는가
그대를 뒤밟아 발맘발맘
봄빛이 연연히 물들어가누나.

* 발맘발맘 : 자국을 살펴 가며
　　　　　천천히 따라가는 모양.

개망초

뭇 발길에 무수히 밟히고
괄시를 받아도
딸꾹딸꾹 피우는 삶

꽃이라 부르시면
그대 가슴에
향기 피우는 꽃이 되고
잡초라 부르시면
그대 가슴에 ⸱
무성히 잡초로 우거지리다

꽃이라 부르시든
잡초라 부르시든
그대 가슴이
시키는 대로 부르소서

육 칠월 초록빛 들녘에
서리서리 맺힌 눈물.

나리꽃

초록 그리움을 삭혀서
시리도록 샛말간
주홍빛 물드셨나

내면 깊숙이 내솟는
영롱한 기색
고결한 매무새 고와라

살랑살랑 날아오를 듯
간드러진 품새는
누구를 위한 춤사위런가

순결한 마음이 내비치는
정갈하고도 매혹적인
눈부신 미소
하염없이 흘리시네.

금낭화

초롱초롱히 불 밝혀두고
소소한 기척에도
안달을 내는 수줍음

망울져 터트린 다홍빛 사랑
비집어 낸
허여멀건 속살로
넌지시 호리는 몸짓

금낭화여!
이녁의 자태 정작 고와
심장이 멎을 듯하구나.

* 이녁 : 듣는 이를 조금 낮추어 이르는 이인칭 대명사. 사전적 의미다.
허물없이 터놓고 지낼 수 있는 사이에 쓰인다. 그러면서도 상
대에게 어느 정도 예의를 차리는 말이다. '너'에는 없는 의
미다. 그러니 서로 신뢰가 있다는 표시이기도 하다. 연인이
나 부부처럼 속마음을 알 수 있는 사이에 쓰면 잘 어울린다.
정감을 주고, 곰삭은 맛을 느끼게 한다.
－서울 신문 우리말 기행 발췌－

능소화

먼 옛날 못다 이룬 사랑이 애달파
환생하는 여인의 넋이런가

볼그레 색기 들이퍼붓는
여인의 미소 눈부셔라

먼 날의 애바르던
절절한 사연이 심금을 울리누나

고혹적인 눈매 유혹적 자태
옷고름 풀어헤친
농익은 홀림은
여름날을 달구고 있구려.

낙화(落花)

긴긴날 서리서리 엉킨
애타는 그리움 안고
님께 속삭일 사랑의 밀어
함빡 담아 피어났건만

님은 간데없고
객(客)이 반기는구려
고대하던 님은
어이하여 아니 뵈시나

초조한 몸짓 애달피
눈물 꽃 뚝뚝 떨구는
가슴 에이는 몸부림

간절히 기다려 온 님을
애절히 읍소하여
님 오시는 걸음걸음에
꽃 주단 깔아 놓으리.

* 서리서리 : 감정 따위가 매우 복잡하게 얽혀 있는 모양.
* 읍소 : 눈물을 흘리며 간절히 하소연함.

목 백일홍(木 百日紅)

연초록 나뭇가지 끝이 짙게 드리우면
애절한 슬픔 질겅질겅 삼키고
여인의 넋-자리에 핀 배롱나무꽃에
여름날은 달구어진다

한(恨) 서려 붉게 타는 넋
애잔한 전설로 떠돌던 애련의 넋은
여름날을 뜨겁게 불사르고 있다

해질물 지었다가
해뜰참 피우기를 한철 내내
열정을 내뿜고 있다

백일홍 붉게 타오른 입술
강쇠바람 불어와
애절한 바람 눅잦힐 때

그렁그렁 붉은 눈물
뚝뚝 떨구는 날
여름날은 시름시름 앓아눕는다.

* 목 백일홍, 간지럼나무, 자미화 같은 말
* 해질물 : 해 질 녘
* 해뜰참 : 해가 돋을 무렵
* 눅잦히다 : 누그러뜨리다
* 강쇠바람 : 초가을 부는 바람

매미

새벽 동녘이 희붐히 열리면
이슬로 목다심하고
엇박자 하모니로 여름날을 깨운다

무엇이 그리 조급하여
이른 꼭두새벽부터
남의 선잠을 깨우는가

인고의 세월 기다림의 긴 나날
제 사랑을 찾고자
애잔히 울워치는 애끊는 노래

님 향한 처절한 몸부림
속 끓는 애절함을
방해 말라 매암 매암
내 사랑 어여 오시라 맴맴
시간 없다 맴맴스륵

우리네의 삶도 너희와
별반 다를 바 없을진대
여름 한 귀퉁이를 내어주노니
알콩달콩 행복한 삶
살다 가라 한다.

상사화

꽃피는 춘삼월 삼짇날 남짓이
말쑥이 초록 치마저고리 단장하옵고
애달피 임 기다리시다
오뉴월 볕에 메마른 눈물

앞 져간 고운 임의 넋 자리
팔월을 지르밟고 뒤져오시는
임을 맞아
함초롬히 꽃불 놓으시네

여인이여!
임 향한 그리움이
얼마나
가슴에 사무치시기에
꽃으로 피어나시나.

가을 초상(肖像)

햇볕에 그을려 남루한 행색인
허수아비 땀방울에 저린
고단한 시절은
형형색색의 빛깔로 물든다

허드레 잔심부름이나 하던 시간도
땀에 누렇게 찌든 옷가지
넋두리하는 빨랫줄에 널어 두고
다듬질한 채색 옷으로 갈아입는다

원초의 사색을 즐기던
나잇살 든 소슬바람은
사이 사잇길 낱낱이 훑고 지나면서
지난날들의 노고를 어루만지며
빛 고운 색동옷 차려 입힌다.

늦가을 서정

처절한 혈투로 기력 쇠잔해진
볕뉘가 산그늘에 먹히면
초록 잎잎이 핏빛 낭자하다

붉은 입술빛 난사하는
을씨년스런 갈바람에
피골이 상접한 들국화는
가녀린 신음을 토한다

억새와 수숫대의 서글픈 곡조 따라
나뒹굴며 우니는
메마른 가랑잎 도드리장단에
가슴이 아르르 저리다.

시월 비가(悲歌)

해와 달이 넘나드는 나들목을 막고 서서
처절히 몸부림치며 애걸해 보노라

까마득히 멀어져 가는 날을 잡으러
논두렁 밭두렁 삶고 지나
산 넘고 물 건너가도
누구 하나 반겨주지 않는
산 설고 물 설은 외로움이여

흐리시 빛바래져 가는 단풍옷 입고
저무는 산 중턱에 홀로 앉아

시월의 소슬바람이 절절히 부르는
슬프고 애잔한 노랫가락이
가슴 시리게 사무쳐와
애처로이 눈물짓노라.

낙엽

나 이제 미련없이 떠나리니
붙잡지 마오

나 떠난대도
그대만은 눈물 흘리지 마오

몸부림치는 나의 절규가
귓전에 애처롭게 들려오거든

그대여
내 이름을
가만가만히 불러주오.

가을 풍경

가을 안에 가만히 귀 기울이면
수많은 소리로 들썩인다

가을이 오는 소리
가을이 노니는 소리
가을이 뒤척이는 소리

가을이 웃음 짓는 소리
가을이 눈물짓는 소리
가을이 이별하는 소리

가을 안에 북적이는 소리는
창연히 쪽빛 하늘에 맴돌다
울컥 눈물 쏟아 내리는
애끓는 심사
풀벌레의 애연한 곡조에 실려
이리저리 나부낀다.

가을 배웅

저물어가는 외진 산모롱이
길섶에 쪼그려 앉아
구슬피 흐느껴 우는 그대를
우연히 보았소

저마다의 가슴을 양껏 호리며
희비의 명암을 드리우고
잠시 머물다 떠날라치면
애연하게 눈물짓지 마오

짧은 만남이 못내 아쉬워서
떠나 보내는 마음
저미도록 아파도
더는 미련 두지 않겠소

낙엽 비 뚝뚝 떨구며
냉정히 멀어져 가는
그대의 뒷모습이
선히 눈에 밟혀와 쓸쓸해지면
시리도록 부서져 내리는
순백의 눈발이
그대를 하얗게 지우는구려.

가을 사랑

하늘이 딸꾹질하다 잠든 날
님 생각에 흘린 눈물의 깊이만큼
부챗살같이 퍼져오는
햇살 갈래에 낚인
님 그리움은
산들바람에 흐느낍니다

쪽빛 물결 남실거리는 하늘에
마음의 징검돌을 하나둘 놓아두고
오실 님을 기다립니다

울긋불긋 눈부신 빛깔로
곱다랗게 매무시 다듬고
님 오시는 날
빗장 지른 마음을
활짝 열어두렵니다

님의 소담스런 사랑빛살
속속들이 추려 받아
살가운 내음에 흠씬 젖고
아름다운 마음결에
푹신히 안기렵니다.

눈 내리는 날이면

오랜 허물을 가리가리 풀어헤치듯
흰 눈이 사뿐히 내리는 날이면
현실에 안착하려 가쁘게만 질주하던
이내 마음마저 추억 속을 더듬으며
편편이 흩날립니다

형언(形言)할 수 없는 삶의 무게도
추억이라는 울타리 안에 놓이면
아름다운 풍경이 됩니다

불현듯이 생각나는 아련한 날들은
아름다운 추억이라서
하얀 미소로 피어납니다

오늘처럼 눈 오는 날이면
그리움은 눈송이와도 같이
가슴에 부슬부슬 내립니다.

눈물 꽃 (눈꽃)

창을 두드리는 바람 소리에
님의 기척인가 하여
마음의 문을 열어둡니다

동풍이 서럽게 우짖는
어둠 깊은 밤

님 기다림에 애가 탄 마음
이제나저제나 오실까
님 기다리는 긴긴밤

두 뺨에 흐르는 눈물
사뿐히 적셔 간 밤하늘은
눈물 꽃을 새하얗게 피웁니다.

청미래 2

가마득한 날의 추억을 알알이 꿰어
송이송이 그리움 달아 놓았구나

따사로운 봄볕에 설렘 싹터
여름 볕에 사랑을 익히고
가을볕에 기다림을
대롱대롱 맺어 놓았구나

아이야, 네가 알까?
그 옛날 풋내기의 사랑 이야기를

세월아! 누가 있어 청미래 따먹고
청미래 이파리로 옹달샘 마시나

덩굴손 높이 뻗쳐 오르는 인연(夤緣)
그 옛날 풋 손을 기다리심인가

햇살에 까르르 구르는
해맑은 소녀의 청아한 웃음소리
소녀야!
청미래 목걸이 팔찌 만들어 주련.

* 인연(夤緣) : 나무뿌리나 바위 따위를 의지하여 이리저리 올라감.

홍시(紅柿)

베풀고 가신 사랑이 못내 아쉬웠나요
애달프도록 울렁이는 가슴
끊임없이 엮고 덧엮어
소담스레 맺어 놓으셨나 봐요

못 잊어 못 잊어서 감추어 두신 속내
끊임없이 엮고 덧엮어
피고 지는 계절을 곱게 싸매시어
거친 숨결로 발갛게 농익힌
임의 고결한 마음 빛인가 봐요.

제 3 부
시간 위를 걷다

어허! 저 심보를 누가 알랴
애꾸눈으로 바라보는 세상을
올바르다 하고
절름발이 인생길 걷는 자신이
정상이라 우겨댄다

시간 위를 걷다

주마등처럼 스쳐지나 간
스산한 세월의 강바람이
온갖 풍상의 회오리로
명치끝을 알알하게 훑누나

놓치고 지나쳐온 아쉬움이
곳곳에서 몸서리치며
애통토록 목놓아 통곡하는
안타까운 회한이여!

누구 하나 대신 걸어줄리 만무한
굴곡진 인생길
너나없이 방랑자인 걸
제멋에 애발스럽게 나부대다
自我를 깨치고서야
성찰하는 아둔함이여!

세월의 모퉁이에 움츠렸던
시간을 주섬주섬 주워담아
가슴으로 하나둘 걸러내며
눈시울 적시누나

허울 좋은 우리네 인생살이
시간의 건반 위에서
제각기 각양각색의 음계를 튕기다
홀연히 사라지는 바람이런가!

*애발스럽다 : 보기에 매우 안타깝게 애를 쓰는 데가 있다.
*나부대다 : 얌전히 있지 못하고 철없이 촐랑거리다.

착각

어허! 저 심보를 누가 알랴
애꾸눈으로 바라보는 세상을
올바르다 하고
절름발이 인생길 걷는 자신이
정상이라 우겨댄다

자기도취에 빠져
누가 알아주든 말든 보아주든 말든
자기 안의 관객 없는 독무대에서
저만이 주인공인 양
흥에 겨워 곱사춤을 춘다

차려 놓지 않아도 알아서
배불리 찾아 먹고
한껏 고공을 비행하다
동공(瞳孔) 속에 녹아드는
세상을 흠씬 훔쳐 누리는
허황한 꿈을 누가 말리랴

사노라면 누구랄 거 없이
한 번쯤은
미지의 세계를 동경하며
환상을 꿈꾼다.

무궁화 2

겨레의 소망을 온전히 담아
영롱한 빛 밝히는 무궁화
백의민족의 혼불이로세

희망에 찬 우리의 조국
삼천리강산에 등불 밝히는
순결한 우리의 꽃 무궁화
늠름한 기백 눈부셔라

장엄한 자태 당당한 기풍은
민족의 드높은 진취적 기상
백의민족의 정신이로세

길이 빛날 우리의 조국
겨레의 터전을 수호하는
고귀한 우리나라 꽃
충절의 기백 무궁하여라.

- 가곡 작시 曲-

이중적 잣대

자신의 흉은 철저히 감춰두고
남의 소소한 흠집을 공연히 들춰내
소일 삼아 호들갑 떨고 있다

자신의 결함에는 한없이 너그러우면서
타인의 하잖은 흉허물은
미주알고주알 캐내어 삿대질한다

나름의 유불리(有不利)를 따져
필요에 따라 늘였다 줄였다
어설피 들이대는 고무줄 잣대.

대립(對立)하는 실종 정치

본말은 외면한 채 저들 만의 주장이 올곧다
소신을 굴하지 않던 쌍방의 이견이
적색 신호등을 무시한 채 일방통행 하다
어느 지점에서 정면으로 충돌한다

옳고 그름 따위는 중요치 않다
외틀어진 모사꾼 같은 심보로
저네들 정당성을 꿰맞추려 필사적이다

세간의 비웃음 따위는 아랑곳없다
소소한 유불리를 따져 당략적으로
몰염치하게 저들 특유의
칼날 같은 평행선을 그어놓고
최악의 국면으로 치닫는다

누구를 담보로 잡고 누구를 위한 쌈박질이던가
민생의 눈물은 본체만체하고
자기네 잘났다고 광기를 부리는
어릿광대 짓거리가 기가 막혀서
억장이 무너져 내리는
민초들의 한숨 소리가 더없이 아프다.

삶의 굴레

삶을 관조적 견지로 들여다보면
지구본 위에 위태로이 매달려
억척을 떠는 일개미 같다

우리네 삶을 가만히 훔쳐내어 보면
반칙을 슬쩍 범하기도 하며
자신을 은근히 부추겨
경쟁을 자극하며 즐긴다

인생길에 가로막힌 장벽을 뚫어
찬란한 빛줄기를 잡으려
저마다 처절히 몸부림친다

삶은 때로 무모한 과욕을 불러들여
자기가 죽는 줄도 무르고
불길로 뛰어드는 불나방 같다.

겸손

삶을 오목조목 조화롭게 꿰어 이은
넉넉한 마음보는
타인의 허물을 배려로 감싸냅니다

산더미 같이 겹쌓아 놓은
무거워진 마음의 빗장을
활짝 열어젖히면
바람이 넘나들어
마음의 짐을 덜어갑니다

살아가노라면 타인의 딱한 처지가
당신의 딱한 처지로
뒤바뀌는 경우가 허다합니다

경솔은 독과 같아서 상처를 덧나게 하고
겸손은 서로의 **상처 난 마음을**
어루만져 치유**합니다.**

나에게

남들은 모두 행복해 보이고 너만이 불행해 보이더냐
아서라, 개개인의 삶을 가만히 들춰보면
한두 가지씩의 근심, 걱정거리를 안고 살아가거늘
지레짐작으로 세상살이를 탓하며
나름의 잣대로 단정 지어 불평하지 마라

얄팍한 제 잔꾀에 속아 삐뚤어진 착시(錯視)로
진위를 섣불리 속단치 말지어다

사리사욕에 눈이 멀어
사람이 마땅히 행할 도리를 팽개치고
실체적 사건의 본질을 호도하면
하늘 보고 통곡하고 땅을 치며 통곡해도
때는 이미 늦으리니 늦으리다.

밤의 여과(濾過)

하루가 얼기설기 빚어놓은
혼탁한 물결 들이킨 밤바다

짙은 어둠에 휩싸여 정처 없이 표류하던
불행의 화근이 되는 과욕들을
밤바다는 해무(海霧)로 덮어
심해(深海)에 가라앉힌다

낚싯줄 길게 늘어뜨린 밤별이
몸살 앓던 번민
하나씩 낚아 떠나면
낡은 허물을 벗은 새날이
샛말갛게 피어난다.

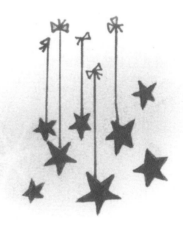

새해 소망

오라오라 희망이여 오라
가라가라 절망이여 가라

대망에 가슴 벅찬 새해야
말갛게 솟구쳐 올라
세상의 그늘진 곳곳에
고루고루 축복을 내리어라

감당키 어려운 시련일랑은
한마음으로 나눠서 짊어지어
슬기롭게 극복하고
즐거움일랑 여럿이 더하여
함께 누리어라

서로서로 배려하고 위하며
잔잔한 감동의 물결이
저저마다의 가슴에 흘러라

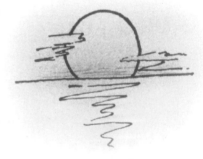

두루두루 무사태평을
빌고 비나니
행복한 웃음꽃이
온 누리에 만발하여라.

동풍(凍風)

주색잡기 일삼던 동(冬) 서방이
노자(路資) 쌈짓돈마저
몽땅 탕진하고 빈털터리로
사방팔방 구걸하며 떠돌지만
누구 하나 거들떠보지 않는다

오도 가도 못하는 낯선 객(客)을
핏발선 그믐달은
매서운 눈초리로 흘긴다

오매불망 지아비를 기다리는
늙수그레한 조강지처의
애간장 저미는 냉가슴에
기나긴 동지섣달 그믐 밤
서슬 퍼런 칼바람 몰아친다.

12월 송가(送歌)

햇빛 달빛을 밟고 지나 열두 징검돌을 건너
그대와 동행한 긴 듯 짧은 여정은
어느새 막바지 고빗길을 넘으면
그대와는 영영 이별이라오

석별의 눈물을 흘리는 그대
행여나 가슴에 응어리 맺혔거든
남김없이 떨쳐주오

그대와 더불어 거닐어 온 날은
비바람치고 꽃 피고 지고 잎새 돋고 지고
맑은 날 흐린 날 번갈아들며
눈물겨운 사연도 참 많았구려

그대와 동고동락했던 소중한 시간
세월의 그늘에 차츰 묻힐지라도
간간이 가슴에 피우리니
그대 부디 잘 가시구려

재 너머로 총망히
새 손이 오신다는 기별이 왔소
그대가 묵었던 사랑채를
말끔히 단장해
새 손 맞을 채비하리다.

관망(觀望)

산기슭 우거진 가시덤불 헤집고 오르며
양껏 배 불린 궁노루는
장대비같이 쏟아지는 빛줄기 사선을 뚫고
바삐 해 너머로 사라진다

산비탈 굽이쳐 휘감은 꼬부랑 오솔길 옆
장끼의 목쉰 애절한 울음은
산천(山川)을 들깨우건만
까투리는 세상모르고 단꿈에 빠졌다

한 줄기의 햇살과 바람
한 떨기 꽃과 풀 한 포기에도
제각각 쏟아내는 반응은
십인십색(十人十色)이다

안개 자욱한 고행의 인생길을
덧없는 상념의 짐 짊어지고
돌아올 수 없는 선택의 갈림길에서
벼랑길로 발걸음 놓는
나그네가 애달파라.

삶의 고언(苦言)

태곳적 전설이 나풀거리며 나비춤 추듯
변화무쌍한 세월의 낯설고 물 설은
시간 위를 너나없이 걷는 인생길

억겁의 세월과 맥맥이 조율하며
삶의 기틀을 다져 온 터에
낙망의 어둠이 깊어지면
겹쌓인 오랜 연륜을 살라
삶의 예지와 숨결이 깃들어진
희망의 등불을 밝힙니다

저저마다 잇대어 맞잡은 손길로
서로서로 다듬어주고 보듬어가며
올곧은 인생길을 닦습니다

파란 많은 인생살이 우리네 마음밭에도
햇볕 들이고 물도 흘리고 바람이 불어야
아름답고 향기로운 삶의 꽃을 피운답니다

갈증에 시들어가는 메마른 삶에
사랑도 배려도 베풂도 자주 퍼 써야
참삶을 한데 아우르는
웅숭깊은 샘물은 마르지 않는답니다.

행복 나무

햇살 한 줌 바람 한 점
풀 한 포기 돌 하나에도
감사하는 마음
행복은 감사하는 마음에서 옵니다

상대를 배려하는 말 한마디에서
먼저 건네는 인사에서
표현할 줄 아는 아름다움에서
행복이란 꽃은 피어납니다

인정을 나누는 씀씀이의 가지에
행복의 열매가 주렁주렁 열립니다

감사하고 배려하는 마음
상대를 헤아리고 베푸는 마음 안에
행복의 열매는 탐스럽게 익어갑니다

당신의 가슴에 심어 놓은
행복의 꽃 나무에는
오늘 무슨 꽃이 피어나
어떠한 열매를 맺습니까?

축복 있으리다 (결혼 축시)

햇살과 구름과 바람이
그대들을 위해
일제히 축배를 함께 드는 날!

눈부시도록 아름다운
신부 윤여진 양과
혈기와 패기 왕성한
신랑 조래현 군이 만나
온전한 하나 됨을
만천하에 선언하는 날

가족 친지 하객들의
진심 어린 축하의
팡파르를 올립니다

신랑이여! 신부여!
이미 날 때부터
천생배필의 연이었으리니

신랑이여!
그대가 아니면 아니 되고
신부여!
그대 아니면 아니 된다기에
인생 동반자로 영원히
사랑 주십시오. 사랑받으십시오

먹구름 드리워 비를 뿌리고
눈보라 휘몰아치더라도
맞잡은 손으로 당겨 이끌어주고
보듬어 헤쳐나가는
한 쌍의 원앙처럼 영원을 꿈꾸세요

거친 세월의 밭이랑에
사랑과 믿음이 밑거름되어
삶의 농토를 정성으로 일궈
품어 안은 소중한 열매
동기간 베풀고 나눌 때
인덕은 모두의 마음을 어루만지며
행복이 깃듭니다

축복받은 당신 한마음 한뜻으로
가족이라는 한울타리에
해와 같이 달과 같이
감미로운 빛살 다할 때까지
한없이 원 없이 사랑하세요.

*선배님 따님 결혼 축시

79

약이 되고 독이 되는 말

향기로운 말은 듣는 이의
마음에 아름다운 꽃밭을 만듭니다

말이라는 진솔한 씨앗을
상대방의 마음 밭에 심어주면
풍성한 열매를 맺어 되돌아옵니다

한마디의 말은 삼복더위에 지쳐
갈증에 애태우던 이에게
시원한 물 같이 해갈을 줍니다

진정성이 담긴 따스한 마음에서
우러나오는 말은 약이 되어
아픈 상대의 마음 치유해줍니다

실없이 던지는 말 한마디가
상대의 마음을 패이게 합니다

바람에 흩날리는 가벼운 말보다는
깊은 샘에서 솟아 나오는
수정처럼 맑은 빛
바위같이 묵직한 믿음을 주는
한마디의 말은
상대방을 새롭게 탄생시킵니다

오고 가는 말
마음으로 한번 걸러 나눌 수 있는
지혜가 우리에게 필요합니다

한마디의 말이
독이 되어 몸을 상하게도
약이 되어 상처를 아물게도 합니다.

부부(夫婦)

천상의 인연이란 초침과 분침이 만나
시침을 돌려 인생길을 열어 간다

서로 다른 반쪽과 반쪽이 만나
온전히 하나 되어 쌓아가는 세월에
닮은꼴로 상생하며 걸어가는 반려자

동행하여 헤쳐나가는 인생길
갖은 색깔 맞닿은 가슴으로
조화롭게 꽃피우는 삶 일구고

서로의 가슴과 가슴을 열어
고난과 역경도 슬기롭게 극복하며
의지하고 위로해 주는
여생을 함께하는 동반자

덧없는 인생 마감하는 어느 날
남을 반쪽에게 참으로 고마웠소 라고
진심 어린 마음 건네며
떨리는 손 맞잡고 수고했소 라며
애통히 울어줄 사람.

동면(冬眠)

동장군은 손아귀에 거머쥔
만물을 옭아맨다

처절한 사투에 패한
만상(萬象)은 스러진다

기력 잃은 패잔병은
깊은 동면(冬眠)에 든다

동장군 한바탕 휘 놀다
제풀에 꺾여 스러질 때
스르르 잠 깨나 다시 불사르려니.

불신(不信)

속고 속이며 굴러가는 세상
상대를 속일 수 있어도
자신을 속일 수 없음입니다

서로서로 못 믿는
참으로 아프고 슬픈 현실
의심은 이기심을 유발하고
의심이란 싹은 불신이란
그늘을 드리우며 이기심은
불신과도 맥락상 통합니다

작금의 실태는 혼자만
잘살면 그만이라는
이기심이 판치는 세상
모두가 네 탓이고
내 탓은 오간 데 없는 세상
누가 누구에게
손가락질할 수 있단 말인가요

불신은 또 다른 불신을 낳아
사회라는 거대한 바다에
소용돌이를 일으킵니다

내 뜻만 내세우기보다
상대방의 뜻을 헤아려
서로 양보하는 따뜻한 사회
땀 흘러 노력하는 자가 인정받고
진리가 통하는 정의롭고 희망찬 사회
모두가 꿈꾸는 세상일 겁니다.

시인(詩人)이시여

깊고 얕은 높낮이 울림으로
가슴 겹겹이 메아리 주시던
임의 노랫가락이
어느 날부터 들리지 않습니다

메마른 가슴을 촉촉이 적셔주시던
맑고 깊던 임의 시(詩) 샘터는
물길이 끊어졌습니다

임께서 정성 기울여 지피시던
고운 시향을 접할 수 없음에
억장이 무너집니다

시인(詩人)이시여
임의 넋 자리에
한줄기 소낙비가 내립니다
꽃도 눈부시게 피어납니다.

예끼 이 사람아

타인의 배려는 간곳없고
같잖은 이기심에 불타
메말라가는 매정한 세상
얼마큼의 부(富)와
영화를 누렸으면 충족할까?

제멋에 한 치 앞도
분간 못 하고 살아가는
초로인생(草露人生)
배알이 뒤틀리더라도
허허 웃고 만다. 사람아!

어차피 우린 모두 나그네인 걸
무릇 사람은 인정을 나눠 먹고
더불어 가야 하거늘

아집과 독선 둔감과 무관심
쓰면 뱉고 달면 삼키는 것이
어찌 인지상정이라 하는가?

예끼 이 고약한 사람아!

무인도를 꿈꾸다

온몸을 옭아매는 틈바귀에서 벗어나고 싶다
쳇바퀴 돌 듯한
빠듯한 일상의 톱니바퀴에서 이탈하고 싶다

망망대해에 우뚝 솟은 환상의 섬
햇살은 바다에 자리 깔고 해종일 낮잠을 즐기고
해변에는 소라들이 아기자기 소꿉놀이하는
자연 그대로의 숨결이 머무는 곳

하늘 맞닿은 수평선 너머의 세상은
숱한 풍문으로 자욱해도
해풍에 실린 파도소리 자장가로
마음에 평안을 깔아주는
원초적 본능의 삶에 귀속하고 싶다

삶의 굴레에 씌워진 무거운 짐을 훌훌 벗고
마음의 피난처 무인도를 꿈꾸며
매일 탈출을 시도한다.

제 4부
추억속에 피는 꽃

막연히 그대 생각나는 날
눈물에 얼룩져 바래진
추억의 책장을 들춥니다

추억의 책장을
한 장 한 장 넘기며
그리운 시절을 끄집어내어
웃고 울곤 합니다.

추억의 책장

막연히 그대 생각나는 날
눈물에 얼룩져 바래진
추억의 책장을 들춥니다

봄 여름 가을 겨울 같으신 그대와
더불어 맺었던 사연들
가슴 갈피에 정갈히 써 내려간
행복의 순간 불행의 순간
자잘한 사랑 이야기까지도
낱낱 소중히 담아 놓은

추억의 책장을
한 장 한 장 넘기며
그리운 시절을 끄집어내어
웃고 울곤 합니다.

그대의 웃음꽃

그대 어찌하여
웃음꽃을 숨기고 계시나!
마음의 문을 활짝 열어
웃음꽃을 피우세요

세상에는 아름다운 꽃이
헤아릴 수 없다지만
그대의 웃음꽃보다
아름다운 꽃은 없습니다

세상에는 향기로운 꽃이
무궁무진하다지만
그대의 웃음꽃보다
향기로운 꽃은 없습니다

이 세상에서 가장
아름답고 향기로운 꽃은
삶을 녹여내는
그대의 웃음꽃입니다.

그대는 누구실까

새벽 먼동같이 저녁노을같이 피어나
가슴속을 진홍빛으로 물들이는
그대는 누구신가

문득 보고 싶고 그리워지면
막연히 떠오르는 다정한 얼굴
내 안에 머물러 있는
그대는 누구이실까

허전하고 외로운 마음 안에
살포시 내려앉아
기쁨 주고 슬픔 주는
그대는 누구실까

내가 그리우면 그대도 그리운가

잊지 못해 잊지 못해서
내 마음 안에 곱게 포개어 **놓은**
그대로 인해
내가 울고 내가 웃는다.

여우비 사랑

오뉴월 뙤약볕에
녹아내리는 사랑

숨이 멎을 듯
차오르는 불볕 사랑
끓어오르네

발갛게 달구어진
가슴 가슴에
햇볕 타고 방울방울
퍼붓는 한줄기 사랑

심장을 꿰뚫어 놓고
지울 수 없는
상처만을 남겨둔 채
기약 없이 떠나가네.

오월의 그리움

초록 물결 위에 쪽배를 띄워
님 오실 것 같아
막연히 기다려지는 날

햇살이 건네는
샛말간 사랑이야기가
꽃보라로
가슴에 떨어지누나

다홍색 꽃물 져 곱다시 흐르는
마음의 창가에 초록빛 그리움
출렁이는 오월.

* 꽃보라 : 떨어져서 바람에 날리는 많은 꽃잎.

친구 2

생각만으로도 입가에 잔잔한
미소를 안겨주는 사람
감미로운 말투 정겨운 눈빛에 담는
포근한 정(情)

친구는 나의 슬픔을 자기 등에
지고 가는 자라 했던가!

가려운 곳 긁어주고
과함을 짚어주는 그대가 있어서
고단한 삶에 활력이 되고
피로 녹여놓는 마음의 쉼터

기쁘거나 슬플 **때**
내 마음 눕힐 수 **있는 보금자리**
그대가 있어 삶이 **아름다워라.**

친구야

까까머리 도토리 키 재기
순수한 우리들의
아름다운 날은
저 멀리 흘려보내고

세월의 굴레에
묻혀가다 뒤돌아보니
자네는 다른 길 위에서
손을 흔드는구려

자네와 나
마음을 맞맺어 놓은
진솔한 우정은
세월만큼이나 깊어지는구려

친구야
세상살이가 힘에 겨울 때
자네가 보고 싶은 까닭은
가슴 맞닿은 소중한
우정이 있음이 아니겠는가

보시게 친구
몸은 떨어져 있지만,
마음만은 늘 함께하는
자네와 나

내가 자네 친구라서
자네가 내 친구라서 행복하다네

내 사랑 친구야
보고 싶은 내 친구야.

코스모스

당신의 맑고 깊은 호수 속으로
빠져들고 싶어서

드넓은 가슴 지닌
당신께 매료되어서

님 보고픈 날
짝사랑 가슴앓이
허물 벗고
한 송이 꽃으로 피어나지요

한없이 높푸른 당신께만
드리는 고운 향기를
살포시 뿌려 놓고

수줍음에
연분홍빛 되어 온몸 꼬지요.

세월아

세월아
더디게만 오던 너에게
가자 가자 어서 가자 재촉하였더니
어느새 성큼 다가와
도리어 네가 어서 가자 보채는구나

가자 어여 가자고
채근하며 조르던 나였는데
도리어 나더러
세월이 어여 가자 보채는구나

세월아
내 입방아가
너를 서두르게 하였구나

세월아
이젠 쉬어가자 타이르노니

세월아
나를 두고 홀로 가려무나.

그대는 나를 기다리다

감미롭게 사랑의 밀어를 속삭이듯
품을 넓혔다 좁히기를 반복하며
포근히 나를 감싸 안는 해
그대는 나를 기다리다
해가 되셨나

갈길 잃어 서성대는 마음에
새벽이 오기까지 밝게 비추어
길잡이 되어주는 달
그대는 나를 기다리다
달이 되셨나

나를 생각하는 마음 알아 달라며
어둠 속을 가르며
반짝반짝 빛나는 별
그대는 나를 기다리다
별이 되셨나

그립다고 보고 싶다고
그대의 마음 온전히 담아와
나를 흔들어대는 바람
그대는 나를 기다리다
바람이 되셨나

기다리다 기다리다
몽실몽실 부풀어 오른 가슴 안고
나를 찾아 두둥실 떠도는 구름
그대는 나를 기다리다
구름이 되셨나

돌아오라 조르다 조르다
서럽게 울부짖는 눈물로
마음 촉촉이 적셔놓는 비
그대는 나를 기다리다
비가 되셨나?

그대에게 나는

그대에게 나는
삶의 지렛대와 같은
존재가 되고 싶습니다

그대
언제나 없이 찾아들어도
마음 편히 쉬어가는
쉼터가 되고 싶습니다

그대
먼 길 오신 힘겨운 걸음에
더위를 식혀 갈 넉넉한
해 그늘이 되고 싶습니다

그대
지치고 외로운 마음
어루만질 수 있는
위안이 되고 싶습니다

그대
좌절된 꿈 꺾인 날개로
삶이 버거워질 때
용기 살포시 얹어주는
희망이 되고 싶습니다

그대
터질 듯 답답한 마음
귀 기울여 담아낼 수 있는
큰 그릇이 되고 싶습니다

그대
울적한 날에 발길 **머물러**
마음의 창을 활짝 **열어**
오염된 마음보
말끔히 씻어가는
풍경이 되고 싶습니**다**

그대
눈물 흘리고 싶은 날에
한쪽 어깨를 내밀어
편히 기대어 울어도
흉 되지 않을 믿음직한
친구가 되고 싶습니다

그대에게 나는
아침의 창을 여는 햇살과 같고
흘린 땀 식혀 갈 바람이며
목마른 갈증을 해소하는
단비가 되고 싶습니다

나는 그대에게
있는 듯 없는 듯하지만
없어서는 아니 될
공기와도 같은 꼭 필요한
사람이 되고 싶습니다.

비 내리는 날이면

비 내리는 날이면
빗줄기에 쏟아지는
그대의 마음에 젖는다

비 내리는 날이면
빗소리처럼 구슬픈
그대의 목소리를 듣는다

비 내리는 날이면
빗줄기에 흐느껴오는
그대의 눈물을 본다

비 내리는 날이**면**
그리움은 비가 **되어**
가슴을 긁는다.

어머니 나의 어머니

동네 어귀에 서서 치맛자락으로
눈물 훔치시며 손 흔드시던
당신의 고운 자태가 눈에 선해
그립다고 보고 싶다고 마음이 보채면
어느새 어질고 너그러우신 모습으로
눈망울에 아롱져 맺힙니다

가만히 어머니하고 부르면은
언제나 없이 꽃바람 되어
천 리 길도 마다치 않으시고 달려옵니다

어머니 나의 어머니
해가 가고 달이 가고
강산이 몇 번을 바뀐대도
세월의 깊이만큼이나
그리움은 휘휘 창창 피어나
가슴에 그윽한 향기를 채웁니다

어머니 그리운 어머니
비바람 치면 꺼질세라 부러질세라
어르고 달래주시는 높고 깊은 은덕은
해와 달과 같이 비와 바람 같이
사시사철 내내 가슴에 나립니다

보고 싶은 나의 어머니
지천명을 넘겨도 당신 그늘에 들어서면
예나 지금이나 체면도 불고하고
철부지가 되어 핑그르르 눈물집니다

어머니 품 안에 들면
봄날같이 부드러우면서 향기롭고
여름날과 같이 가슴 뜨겁게 일렁이며
가을날 빛 좋은 과실 같이 소담스러우며
겨울날 차디찬 한파를 녹이는
따스한 군불 같으신 당신입니다

무진무궁한 사랑 주고 떠나신 어머니
고단한 인생살이의
안식처는 언제나 당신입니다
당신의 손길과 마음결이 너무도 그립습니다
어머니 그리운 나의 어머니.

엄마

세상을 향해
앙칼진 울음으로
탄생을 알리고
보고
듣고
느낀 것들을
한가득히 품었다가
소담스레 쏟아놓는
신비로운 첫마디

이 세상에서
으뜸으로
아름답고 정결한 말
엄~마

그대 떠나시려나 봐

그대 떠나시려나 봐
두둥실 들뜬 마음에
무지갯빛 피우시더니
누릴라 치니
떠나야 신다니, 어인 말씀인가

그대 떠나시려나 봐
정겹게 건네던 살가움도
감길 듯 간드러진 웃음도
이젠 접으려 시나 봐

그대가 쏟아놓던
달콤한 사랑의 속삭임은
한낱 귀치레 셨나 봐

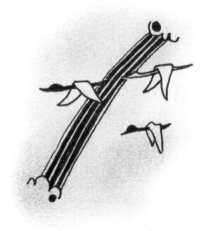

미처 이별을
염두에 두지 않은 마음에
그대 떠나시면은
난 어찌하라고
그 마음 난 모를세라.

마음 바다 등대

"아이고 야야 왔나?"
맨발로 뛰쳐나와 반겨주실
당신께옵선 어디로 가시었단 말인가요

"먼 길 든든히 먹고 가거라"
하시던 자애로운 음성
어디로 흘러가시었단 말인가요

"춥다. 옷 단디 입고 다니거라"
하시던 다정스런 온정의
살가운 손길 어디에서 잡아볼까요

눈에 넣어도 안 아프실 거라던
애바르시던 모습을
어디에서 뵐까요

힘겨운 인생길 걷다
뒤돌아보면 언제나 그 자리에서
연신 눈물 훔치시며 손 흔드시는
삶의 밤바다
등댓불 되신 님이시여.

세월아 네가 얄밉구나!

흘러간 세월을 되돌릴 수만 있다면
검정 교복 까까머리 단발머리
그 시절로 돌이킬 수만 있으면

그대와 성류산에 올라
목청 놓아 맘껏
메아리를 불러봄직도 하련만

세상사 찌들지 않은
그 시절을 돌이킬 수 있다면
추억이라도 한 줌 더 담아 올 것을

흘러간 왕피천 강물처럼
인력(人力)으로 어찌할 수 없기에

공허한 마음을 뒤로 한 채
그냥 묵묵히 현실에 안주하려
허둥대는 나 자신이 안타까워
나 지금 어디에 있는가를
세월 너에게 되묻곤 한다

세월아 한 번쯤 돌이킬 수 없겠니?
세월아 그 시절이 그립구나
세월아 네가 얄밉구나!

찔레꽃

뻐꾹새 서럽게 울어 대던 날
먼 옛날 찔레 아씨
어매 찾아 나선 길목마다
애환 서린 꽃 피어나시네

산기슭 들녘에
어쩜 저리 고이 피어나실까

사무치도록 진한 꽃 향
하얀 웃음으로
뭇사람 눈길 사로잡누나

먼 길 떠나가는 허기진 길손
대접하는 아삭한 맘 빛 고와라

흘러간 세월 고단한 자리
밭고랑 김매던 울 어매
한 많은 시름 달래려 나지막이
읊조리던 노랫소리
밭두렁에서 가만 귀담아 두었던
찔레 아씨
구슬픈 노랫가락 처량히 들려줄 때

먼 하늘 아른거리는 바람에
울 어매 흰 치마저고리
곱게 꽃단장하시고
사뿐히 나들이 오시듯
찔레꽃잎 흩날립니다.

여보시게 이 사람아!

바람불면 부는 대로
이리 쏠리고 저리 쏠리며
한낱 티끌만한 존재로
살아가는 우리네 인생

너나 할 것 없이
세월의 강줄기로 흘러들어
조금 일찍 흐르고
조금 머물다 흐르는 것이
우리네 인생길이라네

여보시게 이 사람아!
애꿎다
노여워도 서러워도 마시게
타인을 탓하지도 마시게

무릇 사람은 양껏 취하고도
모자람이 있어
더 취하려 앙탈을 부리는
어리석은 존재라네

보시게 이 사람아!
빈손으로 왔다 빈손으로 가는
우리네 인생
과한 욕심일랑 내려두고
서로 위하며 사세나.

탱자나무

봄꽃들의 향연이 시들해질 무렵
가까이하기를 꺼리는
거칠고 험상궂은 탱자나무네
진녹색 가지에
순백색 향기로운 꽃 피웠네

뒤늦게 잉태한 늦둥이
다칠세라 떨어뜨릴세라
어르고 보듬어 애바르던
날들 몇 날 며칠이던가
탱글탱글 옥동자 품어 안는다

앙실앙실 탐스러움에
짓궂은 바람이 안아보려
몰래 숨어들었다가
독기 서린 가시에 찔러
기겁하고 줄행랑쳤다는구나

초승달이 물끄러미 내려다보며
앙증맞은 얄미움에 안아보자
사정해도 가시 손 휘저으며
애지중지 품던 노랑퉁이

해를 담았나 달을 담았나
파란 가을 하늘에
황금빛 눈부시도록 아름다워라.

보고 싶고 그립고

실없는 자존심에 앵돌아져
한동안 마음 졸이던 미련
잊힌 듯 기억 저편에 묻어 두고
나름의 삶을 일구려 했건만

안 보면 더욱 보고파 지는
그대 모습 눈앞에 어른거려
잊을 수 없더이다

애초 그대를 마음에
담지 아니하였다면
아픔은 없었을 것을

잊으려 몸부림쳐도
다시 떠오르는
내 삶의 묘한 테두리 안에
들어 온 그대를 못 잊겠더이다

안 보면 사무치는 애절함
밀려와 보고 싶고 그립고
그대 없이는 못 살겠더이다.

제 5부
담쟁이 같은 삶

그대 어이하여 철철이
초록빛 꿈길을 더듬고 계시나
꼬막손 간들간들
하염없는 손짓 애달파라

담쟁이

그대 어이하여 철철이
초록빛 꿈길을 더듬고 계시나
꼬막손 간들간들
하염없는 손짓 애달파라

가리가리 찢긴 가슴
세월이 흘러가도
잊을 길 없노라 시며
가슴 벽을 부여잡고
애틋한 외사랑
속살 깊게 드리운다

그대 가슴 마디마디에
절절히 사무친 그리움
높게 길게 뻗고 계시는가?

가슴앓이로 생채기 나
푸르디푸른 눈물로
임의 닫힌 마음 벽을 허물려고
용틀임 하시는가!

눈 내리는 날의 단상

내 삶의 공간에서 사라져 간
무수한 얼굴이
눈송이 타고 오시네요

내 삶에 침투한 고통을
깡그리 치유하시려
잔 날갯짓 팔랑이며
백의천사 납시네요

아득한 날에 흩어졌던
향기로운 옛이야기가
젖빛 사연 물고
사뿐히 내리네요

함박눈이 그리움 싣고
오늘처럼 내리는 날은
지친 삶의 무게를
잠시 내려놓을까 합니다.

가을비 1

오랫동안 속 울음 삼키며
꾹꾹 눌러왔던 서러운 사연
더는 견딜 수 없어
이제 터트리렵니다

슬픈 계절 안에 머무는
아픔 있거들랑
모두 비워 내세요

넘칠 듯 가랑가랑 담아두었던
눈물 있거든 속 시원히 쏟아 내세요

빗줄기에 흘러내리는
그대 눈물 아무도 모를 테니까요

흉보지 마세요
오늘만은
목놓아 울어도 **좋습니다.**

가을비 2

그대 앞에 어연번듯이 다가서기 위해
혼신의 정열을 바쳐 발갛게 지핀
애틋한 마음 고백도 하기 전
가을비에 얼룩진 연서(戀書)

처량히 떨리며 내리는 가을비같이
숨죽이며 흐느껴오는 소리
귓전에 파고들어 와
가슴을 울려놓는 것은 그대이신가

그대와 은밀한 사랑의 밀어
다정스레 나누고 싶었는데
베갯잇 싸늘히 적시는 이별 앞에
가슴을 하염없이 치며
가을비는 추적추적 내립니다

오로지 그대만을 바라기 하며
단풍 물든 가슴은
가을비에 쓸쓸히 낙엽 지고 맙니다.

어느 의사자에게 바침

이기주의가 판치는 하 수상한 세상
타인(他人)을 위해 아낌없이
온전히 몸 바치신
거룩한 님이 계시기에
세상사는 도리를 깨칩니다

살아서 사는 게 아니고
죽어서 죽는 게 아님을
일깨워 주신
님의 살신성인 정신을
드높이 추앙합니다

세상을 향해 몸소 불사르신
님의 숭고한 희생정신은
삶의 거룩한 표상이 되어
어두운 세상을 밝힙니다

님이시여!
님의 의로운 죽음을
겨레의 가슴은
결단코 잊지 않겠습니다
편히 잠드소서!

장미 여인

눈부시도록 매혹적인
황홀 현란한 자태
짙은 유혹의 향
소록소록 가슴에 스미어
따슙게 보듬어 주시네

그대에게 홀딱 반해
요동치는 가슴
몽롱이 환락에 취해
허우적이던 마음
온전히 **빼앗아** 간 여인아

그대로 인해 잠들었던
사랑이 잠 깨나
그댈 간절히 원하는데

온통 마음 들쑤셔 놓고
이제 와 훌쩍 떠나시면
뒤 헝클어져 갈기갈기
찢어지는 가슴 어이하**나!**

그대 안의 가을

1
그대는 가을을 닮은 사람
소슬바람 스며드는 이슬 머금고
호수 빛 하늘 청명함 내려받아
영글은 탐스러운 과일
가을 풍경처럼 향기롭고 아름다우며
고운 빛 스미어 온몸 휘감는 포용력으로
설렘일게 하는 사람이기 때문입니다.

2
그대는 억새 같은 사람
계절의 질투에도 초심(初心)으로
순응하며 믿어주는 따스한 마음
이름 모를 산자락에 말없이
피었다 지고 마는 꽃 아닌 꽃
삼라만상 번뇌 이고 지며
내심(內心) 마음으로만 울고 마는 가여운 꽃
절대 나약하지 않은 사람이기 때문입니다.

3

그대는 붉게 타오른 가을 단풍
새벽 별빛 눈물 안고 한낮 온기 담아
수줍은 새색시 얼굴같이 불그레 물든
빛깔 고와 보는 이 절로
감탄(感歎) 자아내는 고운 맵시
그대는 슬픔과 외로움을 감싸 안고
산들바람 되어 불어오는 사람이기 때문입니다.

4

그대는 가을 햇살 같은 사람
따사롭게 퍼져오는 넉넉한 미소
온갖 가을 향 담아 포근히 감싸 안는
고결(高潔)한 품성을 지닌 사람이기 때문입니다.

그대 안에 가을이 있습니다.

5월의 노래

천지가 진통의 몸부림을
환희로 승화 발산하는 오월
온통 싱그러운 꽃들의 향연

짙은 녹색 향 그윽한 오월
내 마음의 전율 서곡을 튕기고
신록 향과 온갖 꽃들의 합창
천상에 하모니 울려 퍼질 때

아름다운 여음(餘音)에 동요되어
그들에게 단걸음에 안긴다

상큼한 풀 내음에 첫사랑 설렘
아카시아꽃향에 아련한 추억
찔레꽃향에 보고픈 어머니
장미꽃향에 내 사랑아…

그리운 이름 하나하나를 담아
목놓아 부를 때
종다리도 내 마음인 양
지지베베 오월을 노래한다.

마음으로 쓰는 편지지

눈물로 지샌 숱한 가슴앓이
차곡차곡 겹쌓아 온
그리움 하나둘
펼쳐 그대에게 전하려 합니다

전하고 싶은 무수한 사랑 이야기
담아도 채워도 끝이 없기에
"사랑해요."라고 만 담습니다

망설이다 여태 부치지 못하고
가슴에 고이 접어놓은 사연
부쳐 드리면
그대여
내 마음 가늠하실는지.

사랑해요

마시면 마실수록
갈증만 더해가는 바닷물처럼

그대를 생각하면 할수록
가슴에 담고 싶은 욕망이여

보고 있으면 할 말 없고
안 보면 보고 싶은 야릇함이여

내 마음 주어도 주어도
한없이 드리고 싶은 간절함이여

내 안에 똬리를 틀 수 있는
단, 한 사람은
오로지 그대뿐이라오.

회춘(回春)

세파의 모진 된서리를 맞고
시름시름 앓아 몸져눕더니
앙상한 몰골 추스를 효능 찾아
백방으로 수소문한다

칼바람이 내두르는 음산한 울음에
조마조마 가슴 졸이며
바싹 얼어붙었던 긴긴날

풍문에 떠도는 반가운 소식 접하고
볕을 내리받아 달여 마시면
씻긴 듯이
파릇한 기운 돋아나
볼긋볼긋 생기 감도는
꽃봉오리 맺는다.

농부(農夫)

땀과 정성으로 자식 돌보듯
헌신적 사랑으로 애지중지
보듬어 가꾸는 애절한 사랑

장마철이면 잠길세라
태풍 일면 스러질세라
가뭄 들면 농심(農心)도
갈증에 애탄다

뿌리면 뿌린 대로 거둔다는
진리를 새기시고
흙은 정직하다며
옹이진 손마디로 일군 피붙이들
농심(農心)에 보답이라도 하듯
가을 들판의 오곡들
황금 물결 출렁일 때

깊게 패인 주름진 얼굴에
풍년가를 흥얼거리시며
행복한 너털웃음 지으시는
늙은 농부(農夫)의
소박하고 고귀한 삶이시여.

문득 떠오른 얼굴

잊은 줄 알았었는데
잊은 거로 생각했는데
문득 스쳐오는 얼굴

가슴 한쪽이
아직 그대를
품고 있었나 봐요

맛난 거 있으면
제일 먼저 떠오르고

좋은 것 있으면
제일 먼저 챙겨주고 싶고

멋진 풍경 보면
함께하고 싶다던

그대 말 생각나
먼 하늘 바라보며
눈시울 붉힙니다.

옛사랑

먼 그리움 하나가
바람결에 묻어와
가슴에 덥석 안기더니

평온한 마음자리에
쓸쓸히 찾아드는
그리운 얼굴

눈동자에 부딪혀
구르는 그리움
눈물 되어 흘러내린다

잊힌 옛사랑의 아련한 향기
긴 잠 깨나
숨결 짓누르며
마음 안 이리저리
휘젓고 있다.

들꽃 2

바람이 구름을 업고
노닐다 간 허허로운 빈자리에
아득히 먼 전설들이
꽃으로 환생하여 피어난다오

지나가는 나그네여
말벗 좀 되어 주려무나

숱하게 피고 지는 들꽃도
저마다의 사연으로 피거늘
들길을 걸을 땐
정겹게 말을 건네 보려 마

고단한 삶 버거운 짐 잠시 내려놓고
들 길에 피어난 뭇 꽃에
향기롭다 예쁘다
살가운 눈길 주며
다정한 대화도 나눠 주소

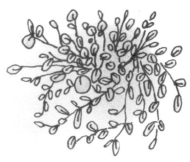

그대에게 삶의 활기 불어넣는
꽃 향(香) 담아주리니.

벗님아

산들엔 꽃피어나
벗님과 함께 오라시는 데
나의 벗님은
어이하여 아니 오시나

그 시절 꽃들과 나비도
정겹게 노니는데
벗님은 어디에 계시는가

예나 지금이나
한 쌍의 나비는
변함없이 다정도 하여라

나의 벗님아
함께 노닐고자 하는데
못 오시나 아니 오시나

나의 벗님아
세상 시름 잠시 접고
봄나들이 오려무나

그리운 벗님아
옛 시절 순진무구한
동심(童心) 아름 담으러
산천경개로 소풍 가세나.

여로 (나그넷길)

달음박질치듯
앞만 보고 내딛는 사람들이여

무엇을 위해 무엇을 얻고자
쉼 없이 내달리기만 하는가

바쁘게 빠르게 내닫는 현실 속
가끔은 오던 길 뒤돌아보는
여유 가져봄이 어떠한가

지나온 길은
많은 아쉬움이 남기도 할 터
서로 보듬어 가며 걷는
여유로운 길이 좋지 않은가

오늘을 건너면 내일이 오거늘
오늘 못다 한 일들일랑 벗어 놓고
긴 하루 피로 녹여 두시게

내일은 또 다른 태양이 뜨지 않는가!

방황

발길 머무는 여기가 어디요
애섧은 마음 둘 곳 없어
정처 없이 미로(迷路) 속을
방황하는 방랑자여

비우면 비운 만큼 새로이 채워지는
만고(萬古)의 진리를
왜 모르시는가

무엇을 취하고자 뜬구름 쫓아
이상과 현실 사이를
넘나들며 망각하는가

내려놓을 줄 아는 이치를 깨치면
인생은 아름다운 것을
행복은 마음 안에 머물고 있는 것
희망의 빛을 가슴에 새길 지어다

삶은 즐기는 자의 전유물이 아니런가!

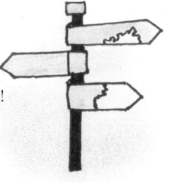

태풍(颱風)

무수한 생명이
저마다 나름의 삶을 꾸려가는
평화로운 터에
느닷없이 들이닥친 만물의 사생아

청하지도 반기는 이도 없건만
어디에서 태어나
정처 없이 떠돌다
떠돌이 나부랭이까지
거느리고 와 망나니짓이런가

나의 힘을 아느냐
호통에 으름장까지 치면서
갈가리 찢어 삼킬 듯
갖은 행패를 부린다

발악의 몸짓
제풀에 지쳐 스러질 때까지
망연히 넋 놓고 바라다보는 딱한 처지
어쩌면 좋을까
속수무책 발만 동동 굴린다.

하늘을 보라

빠르게 바쁘게 내딛는
현실이란 고속 비행

언뜻 스쳐지나
놓치고 사는 소중한 것들이
생각날 때 하늘을 보라
그대 잊고 사는
무언가를 일러 주리니

일이 뜻대로 풀리지 않을 때
하늘을 보라
넓은 가슴으로 그대에게
희망의 빛을 안기려니

분노한 버거운 마음 쌓였거든
하늘을 보라
마음 안의 울분
하늘이 쓸어 갈 것이니

세상사 힘겹다고 느껴질 때
하늘을 보라
그대 번뇌를 담아 가리니.

심신(心身)

너와 나
앞서거니 뒤서거니 않는
동행하며 걷는 여로(旅路)

네 모습에서 내 모습이
내 모습에서 네 모습이
보인단다

너 피곤하면 나 피곤하다
너 웃고 있니 나 웃고 있어
너 울고 있지 나 울고 있다

네가 아프면 나도 아프고
네가 행복하면 나도 행복하다
네가 있으매 내가 있고
내가 있으매 네가 있단다

고것 참! 신통방통하지?
너 늙어가면 나 늙어간다
네 속에 내가 있고
내 속에 네가 있으매

한평생 너와 나
한시도 떨어질 수 없는
한마음 한 몸
생(生)을 다하는 그 날
비로소 너와 나
남이 되어 있겠지.

주응규 제 3시집

초판 1쇄 : 2015년 5월 10일

지 은 이 : 주응규

펴 낸 이 : 김락호

디자인 편집 : 한지나

표지 그림 삽화 : 설경란

캘리그라피스트 : 박병우

기 획 : 시사랑음악사랑

인 쇄 : 청룡

연 락 처 : 1899-1341

홈페이지 주소 : www.poemmusic.net

E-Mail : poemarts@hanmail.net

정가 : 12,000원

ISBN : 979-11-86373-02-6